LA OSCURIDAD

LEMONY SNICKET

ILUSTRADO POR

JON KLASSEN

OCEANO travesía

Laszlo le
tenía miedo
a la oscuridad.

La oscuridad vivía en la casa
de Laszlo, un lugar enorme
con un techo que chirriaba,
ventanas transparentes y frías
y muchos tramos de escalera.

A veces
la oscuridad
se escondía
en el armario.

A veces se sentaba
detrás de la cortina
de la bañera.

Pero la mayor parte del tiempo
la pasaba en el sótano.
Durante el día, la oscuridad
esperaba en un rincón,
lejos del traqueteo y los gruñidos
de la lavadora, apretujada entre
unas cajas viejas y húmedas
y una cajonera que nunca se abría.

En la noche, desde luego,
la oscuridad salía y se apostaba
detrás de las ventanas y
las puertas de la casa de Laszlo.

Por la mañana
regresaba al sótano,
donde pertenecía.
Cada mañana
Laszlo se asomaba
a la oscuridad.

—Hola

—la saludaba—.

Hola, oscuridad.

Laszlo pensaba

que si visitaba a la oscuridad

en la habitación de la oscuridad,

quizá ella no lo visitaría

en su cuarto.

Pero una noche…

lo hizo.

—Laszlo —dijo la oscuridad

en la oscuridad.

Su voz era tan chirriante como el techo
de la casa y tan transparente y fría
como las ventanas. Y aunque la oscuridad
estaba a un lado de Laszlo,
la voz parecía venir de muy lejos.

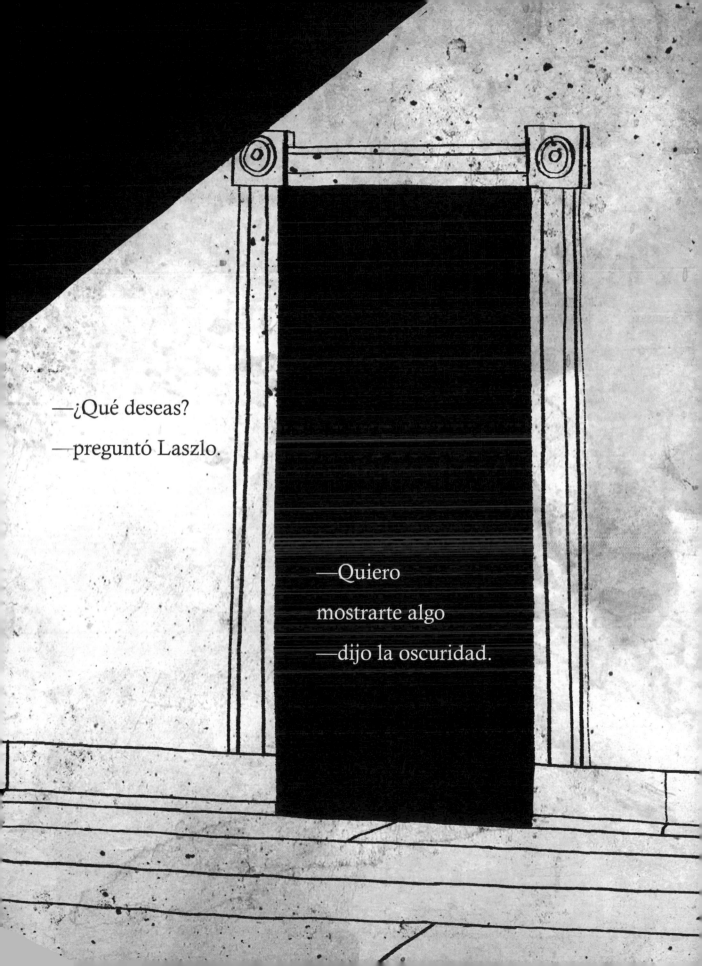

—¿Qué deseas?

—preguntó Laszlo.

—Quiero

mostrarte algo

—dijo la oscuridad.

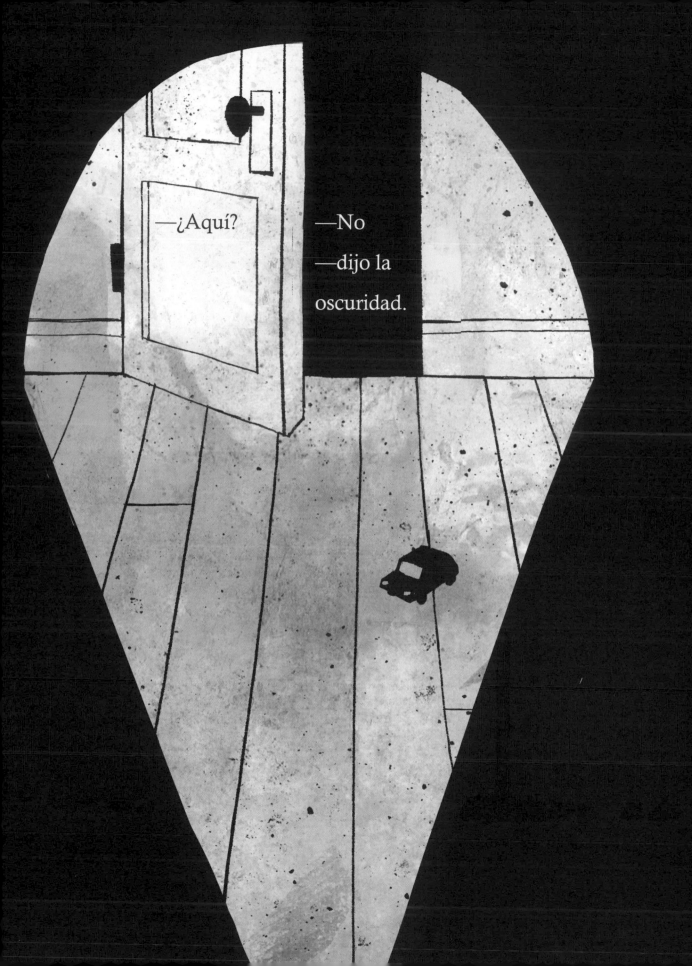

—¿Aquí?

—No

—dijo la

oscuridad.

—No, no —dijo
la oscuridad—.
Abajo.

—¿Acá?

—Sí —dijo

la oscuridad.

La ventana más grande de
toda la casa estaba en la sala.
Laszlo se asomó para ver la
oscuridad de afuera. Por encima
de su cabeza, el techo chirriaba.
Laszlo cerró los ojos. Ahora
la oscuridad era todo lo
que podía ver.

—No, no —dijo de nuevo
la oscuridad—. Ahí no.

—Aquí,
abajo.

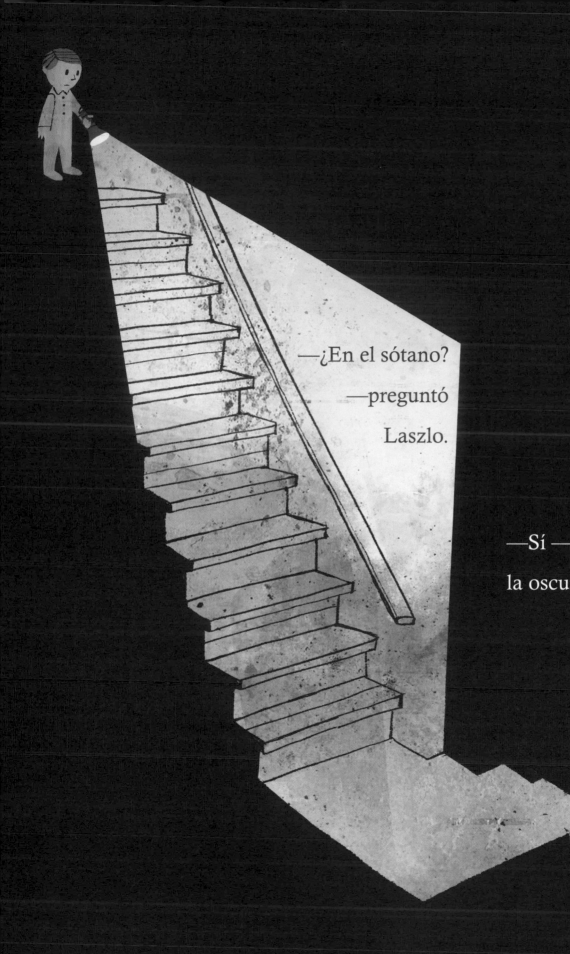

—¿En el sótano?

—preguntó

Laszlo.

—Sí —dijo

la oscuridad.

Laszlo nunca se había atrevido a entrar
en la habitación de la oscuridad por la noche.

—Acércate —dijo la oscuridad.

Laszlo se acercó.

—Acércate más

—dijo la oscuridad.

Quizá le tengas miedo a la oscuridad, pero la oscuridad no te tiene miedo. Es por eso que ella siempre está cerca.

La oscuridad te observa desde los rincones y espera detrás de la puerta. También la puedes ver en el cielo todas las noches, contemplándote tal como tú contemplas las estrellas.

Sin un techo chirriante, la lluvia caería sobre tu cama, y sin ventanas transparentes y frías, nunca podrías ver hacia el exterior, y sin las escaleras nunca podrías llegar al sótano, donde pasa el tiempo la oscuridad.

Sin un armario, no tendrías dónde guardar tus zapatos, y sin la cortina de la bañera, salpicarías todo el baño, y sin la oscuridad, todo sería luminoso y nunca sabrías si necesitas una bombilla.

—En el último cajón —dijo la oscuridad.

—¿Qué?

—Abre el último cajón

—dijo la oscuridad.

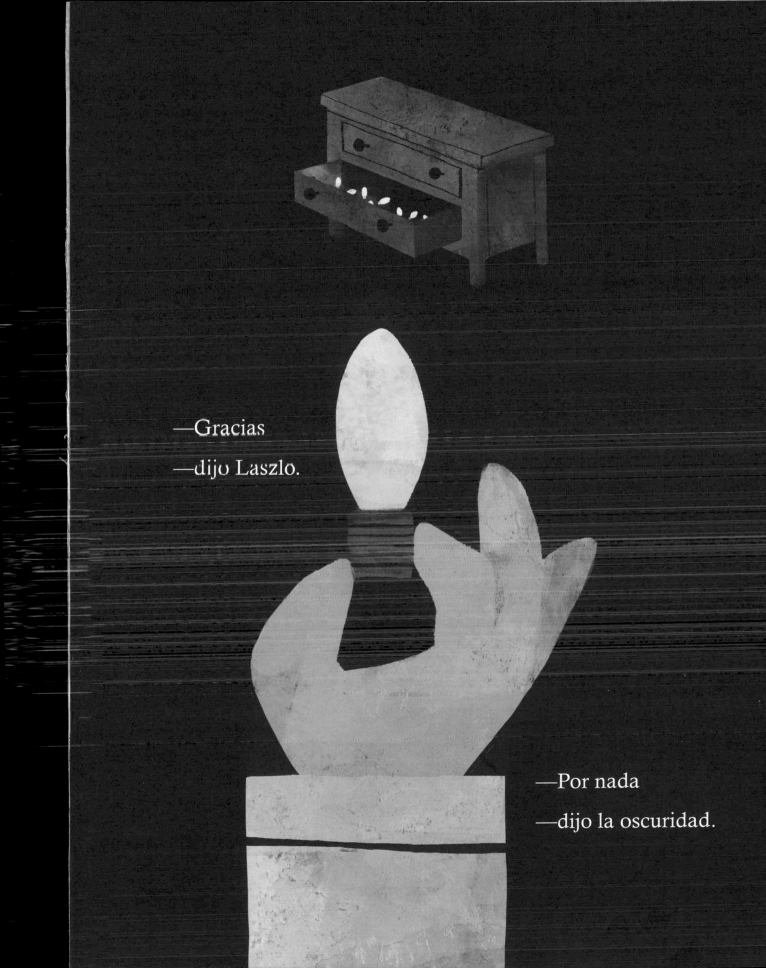

—Gracias
—dijo Laszlo.

—Por nada
—dijo la oscuridad.

A la mañana siguiente,
Laszlo visitó
a la oscuridad
en el sótano.

—Hola —dijo—.
Hola, oscuridad.

La oscuridad no contestó,

pero el último cajón

aún estaba abierto.

Parecía que le sonreía

desde el rincón.

La oscuridad continuó
viviendo en la casa
de Laszlo, pero nunca
lo volvió a molestar.

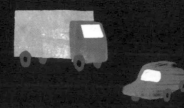

Las ilustraciones para este libro fueron realizadas con gouache
y después fueron digitalmente compuestas.
Para el texto principal se utilizó la fuente Calisto MT y la tipografía
de la portada y la portadilla fue trazada a mano.

La obra fue editada por Susan Rich y diseñada por Patti Ann Harris y Jon
Klassen. La producción fue supervisada por Charlotte Veaney y la editora
de producción fue Barbara Bakowski.

Título original: *The Dark*

© 2013 Lemony Snicket, por el texto
© 2013 Jon Klassen, por las ilustraciones

Traducción: Pilar Armida

Esta edición se ha publicado según acuerdo con Little, Brown, and Company, New York, New York, U.S.A.

D.R. © Editorial Océano, S.L.
Milanesat 21-23, Edificio Océano, 08017 Barcelona, España
www.oceano.com

D.R. © Editorial Océano de México, S.A. de C.V.
Blvd. Manuel Ávila Camacho 76, piso 10, 11000 México, D.F., México
www.oceano.mx • www.oceanotravesia.mx

Primera edición: 2015

ISBN: 978-607-735-297-6
Depósito legal: B-2992-2015

IMPRESO EN ESPAÑA / *PRINTED IN SPAIN*

9003978010215